INVENTAIRE
Ym 1-137

LE RETOUR
D'ARLEQUIN
A LA FOIRE.

DIVERTISSEMENT
A LA MUETTE.

A PARIS,

M. DCC XII.

Avec Approbation & Permission.

ACTEURS

DU PROLOGUE.

APOLLON.
THALIE,
MELPOMENE, } Muses,
ARLEQUIN.
PIERROT,
UN ROMAIN.
UN CONFIDENT du Romain.
MERCURE.
QUATRE DANSEURS.

ACTEURS DE LA PIECE.

ARLEQUIN, en Marchand
& en Baron Allemand.

A ij

LE DOCTEUR.

ISABELLE, fille du Docteur representant la Sagesse.

COLOMBINE, autre fille du Docteur, faisant la Folie.

PIERROT.

SCARAMOUCHE en Savoyard.

LES PLAISIRS.

DEUX SAVOYARDS.

UNE SAVOYARDE.

LE GRAND PRESTRE de la Folie.

DEUX SUIVANS du grand Prêtre.

Troupe de foux danfans.

5

PROLOGUE.

L E theatre repreſente le mont Parnaſſe, les deux fontaines d'Hypocrene & d'Helicon paroiſſent avec Pegaſe & les neuf Muſes.

SCENE PREMIERE.

APOLLON, THALIE, MELPOMENE.

Thalie protectrice du jeu Italien tenant un maſque d'Arlequin, eſſuye ſes larmes, & témoigne la douleur qu'elle reſſent de l'avantage que Melpomene ſa ſœur à remporté ſur elle. Apollon voyant ces deux Muſes deſu-

A iij

nies, demande le sujet de leur querelle, & s'adreſſant à Thalie il fait montrer ce couplet :

APOLLON, à Thalie, ſur l'air: *Tu croyois en aimant Colette.*

Muſe, qui vous rend taciturne,
Voudriez vous changer d'humeur,
N'allez pas chauſſer le cothurne,
Vous déchauſſeriez votre ſœur.

THALIE à Apollon, ſur l'air : *Des Pelerins.*

Avec raiſon mon cœur ſoupire,
Grand Apollon,
Il ne m'eſt plus permis de rire
Dans ce vallon,
Les Romains ont juré ma mort
Si je babille,
Pour le coup, c'eſt fait de mon ſort,
J'étouffe, je ſuis fille.

APOLLON à Melpomene, ſur le même air :

Quand vous avez du jeu comique

Privé Paris,
Avez vous tiré du tragique.
De grands profits,
Vous eussiez fait mauvais répas
Sans Zenobie,
Qui sçeut s'échaper du trépas
Pour vous donner la vie.

SCENE II.

MERCURE, APOLLON, THALIE, MELPOMENE.

Mercure descend des Cieux, salue Apollon, & s'adresse à Thalie ; il lui fait comprendre que Jupiter touché de sa peine a ordonné à Momus d'aller chercher un Arlequin de la vieille Roche, & de le conduire à Paris avec d'autres Acteurs, & que malgré le silence qu'il gardera, il ne laissera pas d'exciter encore la curiosité du public. Et Mercure s'explique ainsi.

MERCURE à Thalie, sur
l'air : *La faridondaine.*
Momus grand Maître des farceurs,
Pour relever ta gloire,
Amene avec lui des Acteurs,
Pour paroître à la foire,
Arlequin va dans ce canton,
La faridondaine, &c.
Ses ennemis en son ravis, beribi,
A la façon de Barbary, &c.

SCENE III.

UN ROMAIN & les Acteurs
de la scene précedente.

Un Comedien entre dans le
temps qu'on montre l'écriteau
cidessus, & fait voir par ses laz-
zys à Melpomene & Mercure
qu'il se mocque de l'arrivée
d'Arlequin à la foire, & montre ce couplet :

LE ROMAIN, sur le même air.
Votre Arlequin reüssira,
Son burlesque genie

Va fécher Meffire Opera
Et Dame Comedie,
On craint beaucoup cet hiftrion,
La faridondaine , &c.
Sans parler , il eft tout joly , beriby,
A la façon de Barbary , &c.

MERCURE, fur l'air : *Re-*
veillez-vous belle endormie.

Il mérite la préference :
Chez vous tel qu'on entend parler,
Garderoit fouvent le filence,
S'il étoit permis de fiffler.

Ces deux vaudevilles chantez,
on entend un grand bruit de trom-
pettes & de timbales qui annonce
l'arrivée d'Arlequin avec fa troupe, Apollon, Melpomene & Thalie fe retirent, le Romain refte feul
fur le theatre.

❖❖❖❖❖❖❖❖❖❖❖❖❖❖❖❖❖❖❖❖❖❖❖❖

SCENE IV.

ARLEQUIN, PIERROT,
le Romain , le Confident.

Arlequin & Pierrot entrent fur

le theatre fur des chevaux d'o-
zier : aprés plufieurs tours qu'ils
font, ils renverfent par terre le
Romain qui fort en furie, & va
chercher un autre cheval & fon
confident auffi , & viennent fe
battre contre Arlequin & Pierrot : ils font une efpece deCarrou-
zel, en faifant faire des courbet-
tes à leurs chevaux ; enfin Arlequin eft vainqueur du Romain,
& l'oblige à prendre la fuite. Le
Romain ne fçachant où fe fauver,
court autour des loges, Arlequin
le pourfuit & le fait tomber dans
le parterre. Pierrot fait le même
jeu de l'autre côté du theatre ,
Aprés cette courfe Arlequin re-
vient tout hors d'haleine fur le
theatre, criant *victoria*, & tombe
fur un fauteüil : on apporte du
pain trempé dans le vin pour le
cheval, Arlequin le mange avec
un grand fromage de Milan ,
aprés quoi il quitte fon cheval.

Couplet chanté dans cette Scene.

LE ROMAIN.

Quoi donc ce fade poliſſon
Oſe attaquer Agamemnon ;
Arcas courons à la vengeance.

ARLEQUIN.

Avance , avance , avance
Avec ton ſceptre de fayance.

SCENE V.

APOLLON, THALIE,
Melpomene, Arlequin.

Thalie fait entendre à Arlequin que quoiqu'il n'ait pas la liberté de parler, il ne laiſſera pas que de plaire par ſes geſtes & ſon jeu Italien. Arlequin l'embraſſe & fait avec elle des lazzis, Thalie lui ordonne de partir ſur le champ pour paroître ſur un Theatre de la foire ; elle lui fait comprendre qu'il ne pourra mieux embraſſer ſa vengeance, qu'en attirant une foule de ſpectateurs à ſes jeux. Arlequin lui promet de ſoutenir ſes interêts, & lui dit :

ARLEQUIN à Thalie, sur l'air :
J'entends déja le bruit des armes.

Sans parler faire un personnage
Je suis novice en ce métier,
Mais à vous plaire tout m'engage ;
Muse, pour me fortifier,
Avant de faire ce voyage,
Buvons le vin de l'étrier.

Ici on apporte une bouteille de vin dont Arlequin boit plusieurs rasades.

APOLLON à Arlequin, sur l'air ci-deſſus.

Vîte qu'on selle ma monture,
Et qu'il refaſſe mon bidet ;
Un Poëte contre nature
L'a rendu plus lourd qu'un baudet :
Pegaze n'a plus sa figure,
La guinguette l'a contrefait.

On fait avancer Pegaze. Apollon dit à Arlequin de le monter ; il fait plusieurs cascades pour monter deſſus. Arlequin vole sur Pegaze en criant, & tous les Acteurs s'en vont. Quatre Muses forment une danse agréable ; ce qui finit le Prologue.

ARLEQUIN

ARLEQUIN

Baron Allemand

ou

LE TRIOMPHE

DE LA FOLIE.

Comedie en trois Actes.

PREMIER ACTE.

SCENE I.

Arlequin. Le Docteur.

ARlequin deguisé en voya-
geur, sort de la cantonade,

le Docteur vient de l'autre côté ;
& aprés plusieurs embrassades &
un grand jeu Italien, Arlequin
luy demande sa fille en maraige:
comme il paroît par ce couplet.

ARLEQUIN sur l'air, *Ah d'où
viens-tu, méchant yvrogne.*

Pour perpetuer ma famille
Il est temps de me marier ,
Je voudrois bien à votre fille
Laisser un petit heritier.
J'ai ce qu'il faut pour faire rire ,
La la relire

LE DOCTEUR sur l'air cy dessus.

J'ai deux filles pour cet usage ,
Mais vous les prendrez sans un sol ;
Choisissez: l'une est d'humeur sage ,
L'autre est d'un caractere fol :
Chacune a dequoi faire rire.
La la relire.

ARLEQUIN sur l'air, *Tu croyois
en aimant Colete.*

La sageſſe a de quoi me plaire,
La folie eſt pour m'égayer ;
Avant de conclure, beaupere,
Ne puis-je pas en eſſayer?

SCENE II.

PIERROT, en Confident du
Baron Allemand.

LE DOCTEUR. ARLEQUIN.

Pierrot vient demander une
fille du Docteur en mariage pour
un Baron Allemand. Il entre ſur
le theatre en danſant toûjours.
Arlequin le contrefait, & Pierrot dit :

PIERROT ſur l'air de *Grimaudin.*

Ie ſuis d'un homme d'importance
  Le factoton,
Ie te demande une audiance,
  Docteur barbon,
Pour te faire aujourd'huy le don
De t'engendrer d'un vrai Baron

Le Docteur charmé du parti
que Pierrot lui propose, remercie
Arlequin, & lui dit :

LE DOCTEUR sur l'air, *Si vous
voulez que je vous baise.*

N'esperez plus d'être mon gendre,
Ma fille est pour vous sans ardeur ;
La chose est facile à comprendre,
Elle échauffe un plus grand Sei-
gneur.

ARLEQUIN sur l'air,

Ce qui conduit au Mariage
Est-ce l'amour, non c'est l'argent ;
Mais l'amour s'en rit & mene au.
cocuage,
Le riche sot, pour vanger l'indigent.

SCENE III.

ARLEQUIN, PIERROT.

Ils font ici une scene de riva-

lité, qui consiste en un grand jeu
Italien, pendant laquelle on pre-
sente ce couplet, sur l'air, *Avance.*

ARLEQUIN.

Le Mercure d'un grand Seigneur
N'est pas fait pour avoir du cœur,
Et sa qualité l'en dispense.

PIERROT.

Avance, avance avance,
J'ai plus de vigueur qu'on ne pense.

Arlequin pour se mieux battre,
se fait déshabiller par Pierrot,
qui le reconnoît, le prie de l'ai-
der dans une fourberie, pour
tromper le Docteur. Pierrot promet de le déguiser en Baron Allemand ; & avant de partir, il dit :

PIERROT *sur le même air.*

Le Docteur est un vieux coquin

Qui prendra pour geudre Arlequin
Malgré toute sa vigilance ;
Avance , avance , avance ,
Endosser l'habit d'ordonnance.

SCENE IV.

LA FOLIE, & ses Suivantes

Entrent en dansant une entrée
de caractere, la Folie fait une scene Italienne avec ses suivantes ,
qu'il est inutile d'écrire ; & qui
consiste dans plusieurs folies ;
aprés quoi les suivantes se retirent

SCENE V.

Le DOCTEUR, La SAGESSE
ET LA FOLIE.

Ces deux premiers se joignent

à la folie: la ſageſſe & la folie eſ-
perent épouſer le Baron Allemand: toutes deux diſent.

Enfin je bannis mes allarmes,
Que mon bonheur me ſemble doux :
Le Baron ſe rend à mes charmes;
C'eſt moi qui l'emporte ſur vous.

La ſageſſe prétend l'emporter
ſur la folie, & celle ci ſur la ſageſſe; ils ſe font reciproquement
des reproches. Le Docteur tâche
de les accorder ; mais en vain ,
elles continuent toûjours; & la ſageſſe commence ainſi :

La Sagesse ſur l'air : *Vous*
qui vous mocquez par vos ris.

Quand on voit ce.........
En berline jolie ,
Chacun ſçait que du faux honneur
Sa cervelle eſt remplie ,
Et qu'un riche & coquet plaideur
Promene ſa folie.

LA FOLIE sur l'air : *Ture lure lure.*

Chacun sçait qu'à ce plaideur
Qui prête ainsi sa voiture,
L'épouse du. . . . . . .
       Turelure,
Reserve une autre monture,
Robin turelure lure.

LA SAGESSE sur l'air *du Triolet.*

Ce Financier qui n'a d'appas
Qu'autant que sa bourse est remplie,
Avec son luxe & ses repas
N'est que la duppe de Silvie ;
Ce froid Caissier n'aperçoit pas
Que sa caisse bien-tôt tarie
Va le livrer aux magistrats.
Le feroit-il sans la folie ?

LE DOCTEUR sur l'air :
des Prunes.

La folie, à ce qu'on croit,
Au bonheur nous eleve ;
Mais souvent on s'apperçoit
Qu'il faut aller où tournoit
Jendeve, Iendeve, Iendeve.

LA FOLIE, fur l'air : *J'entens
déja le bruit des armes.*

Qu'un. . . . ait la manie
De porter un habit brodé ;
S'il en a moins de modeſtie
Il en eſt bien plus regardé ;
C'eſt obeïr à la folie,
Il fait ce que j'ai commandé.

LA SAGESSE, fur l'air : *Ne
m'entendez-vous pas.*

Quelqu'un prend ce fracas
Pour marque d'opulence,
Mais les gens de finance
Ne s'y tromperont pas.
Ne m'entendez-vous pas.

SCENE VI.

ARLEQUIN en Baron Al-
lemand, fuivi de quatre Alle-
mands danſans, la SAGESSE &
la FOLIE.

Cette ſcene ne ſe peut décrire;

elle confifte dans un jeu de theatre inféparable de l'action, c'eft
la plus belle & la plus divertif-
fante de la piéce, par les danfes,
par la décoration qui en eft fuper-
be, & par le merite d'Arlequin
qui la joüe au deffus de tous ceux
qui ont paru, & finit cet acte.

Chanfon qui ne fignifie rien,
& qui eft chantée par Arlequin
dans cette derniere fcene.

Prout nay ni ny ny naye, ni ni ni ni
    naye prout naye,
Quelber d'haiftain querequin, na
    naye,
Prout naye ni ni ni ni naye ni ni ni ni
    naye, ni ni ni ni na, ni ni ni ni naye,
    Prout naye.

ACTE II.

SCENE PREMIERE.

ARLEQUIN, PIERROT

S'Applaudissent du succez de leurs fourberies, & repetent ce qu'ils ont fait dans la scene du premier Acte.

SCENE II.

SCARAMOUCHE en Savoyard ARLEQUIN, PIERROT.

Scaramouche en Savoyard fait voir la curiosité : c'est encore une de ces scenes qu'il est inutile d'é-

crire, & qui ne brillent que par
le jeu de theatre.

Couplets qui se chantent lors-
qu'on montre la curiosité.

SCARAMOUCHE, sur l'air:
Quand Moïse fit deffenses.

C'est d'une vieille coquette
Le portrait en racourcy,
Qui vend jusqu'à sa toilette
Pour payer un favori;
Officier ou petit maître
Iadis l'eût envoyé paître,
Mais dans ce siecle indigent
On fait tout pour de l'argent.

ARLEQUIN, sur l'air: *De
Chaillot en bateau.*

De l'argent d'une rosse
Galant se servira,
Pour traîner en carosse
Fille de l'Opera;
A Chaillot, &c.

SCARAM.

SCARAMOUCHE, sur l'air : *À quoi bon tant craindre les horreurs du tombeau.*

Ce Marchand s'aplique
A jouer tout le jour,
Et dans sa boutique
Sa femme fait l'amour ;
Tous deux sont en déroute,
Et dans tout cecy
    le Mari
Fait banqueroute,
Et laisse là sa femme au favori.

SCENE III.

LA SAGESSE, LA FOLIE, ARLEQUIN, PIERROT.

Ces deux filles obligent Arlequin à se déclarer & de finir le mariage ; après quelqu'irresolution sur son choix, il se détermine en faveur de la folie, & dit:

ARLEQUIN.
fur l'air, *Lon lan la.*

Oui je t'époufe ma blonde
Et fuis content de mon choix,
Sans que plus avant je fonde,
Ie juge par ton minois
De ton lan la.

La fageffe irritée contre la folie fe bat avec elle, la folie arrache la garniture de la fageffe, Pierrot les excite à fe battre, & enfuite il dit:

PIERROT.

Madame Alizon eft en colere,
Ho ho tourloribo,
De ce qu'elle ne peut plaire,
Ho ho tourloribo,
Et qu'on ne veut pas lui faire
Ho ho ho tourloribo

LA SAGESSE, fur l'air:
Je ne fçaurois.

Quoi pour être la fageffe

On me méprife en ces lieux,
Ie retourne avec vitefſe
Reprendre ma place aux Cieux :
Faux mortels ,
Dreffez a votre Maitreffe
Des autels.

SCENE IV.

SIX DANSEURS, ARLEQUIN, PIERROT, LA FOLIE.

Six danfeurs repréfentans les ris , les jeux, la bonne chere, l'oifiveté, la volupté & la débauche, font une entrée de caractere, & difent à la folie, fur l'air : *Vous avez Monſieur l'Intendant.*

Bel le folie à vos genoux
Nous venons tous :
Chacun pour être votre époux
Met bas les armes,
Repand des larmes ,
Epoufez nous.

ARLEQUIN, sur le même air.

Le Baron aura dans ce jour
L'essai d'amour ;
Mais demain faites votre cour :
Femme s'oublie ;
Et la folie
Rit à son tour.

Ici on danse & on saute.

ACTE DERNIER.

LE theatre s'ouvre, & repre-sente le Temple de la Folie, le grand Prêtre de la Folie, le Docteur & tous les Acteurs du divertissement.

Ce dernier acte est la celebration du mariage d'Arlequin avec la folie, & consiste encore dans un grand jeu Italien, & on fait une ceremonie tres divertissante ornée de danses, dans laquelle on dit les couplets suivans.

PIERROT, sur l'air : *Un Boulanger de Goresse.*
Chanson sans rime, & peut-être sans raison.
Que tes cornes sont drole;
Te voila bien coiffé,

Tu reſſembles à ma vache,
Elle en porte une paire ;
Ton front eſt fait
Pour être bête ;
Vous avez l'air
D'un grand cocu.

LA FOLIE, ſur l'air : *Voici les*
Dragons qui viennent.

Cocus ſont gens qu'on révere
Sur tout dans Paris,
Loin de me mettre en colere
I'imite c ux du parterre ,
Ie m'en ris, & je m'en ris.

On emporte Arlequin en triom-
phe avec la folie, & finit le diver-
tiſſement.

ANNONCE D'ARLEQUIN
au Parterre.

Arlequin vous prie,
Et tres humblement vous ſuplie
En Arlequin Italien,
De donner vie

A ſa folie ,
Et ferez bien.

Fin de la piece.

De l'Imprimerie de GUILLAUME VALLEYRE,
ruë ſaint Jacques, à la ville de Riom & aux Cicognes.

APPROBATION.

J'A i lû par ordre de Monſieur le Lieutenant General de Police un manuſcrit françois qui a pour titre : *Le Retour d'Arlequin à la Foire*, &c. dont on peut permettre l'impreſſion. A Paris ce trente Janvier 1712.

PASSART.

PERMISSION.

VEu l'approbation du ſieur Paſſart, permis d'imprimer. A Paris ce 30 Janvier 1712.

M. R. DE VOYER D'ARGENSON.

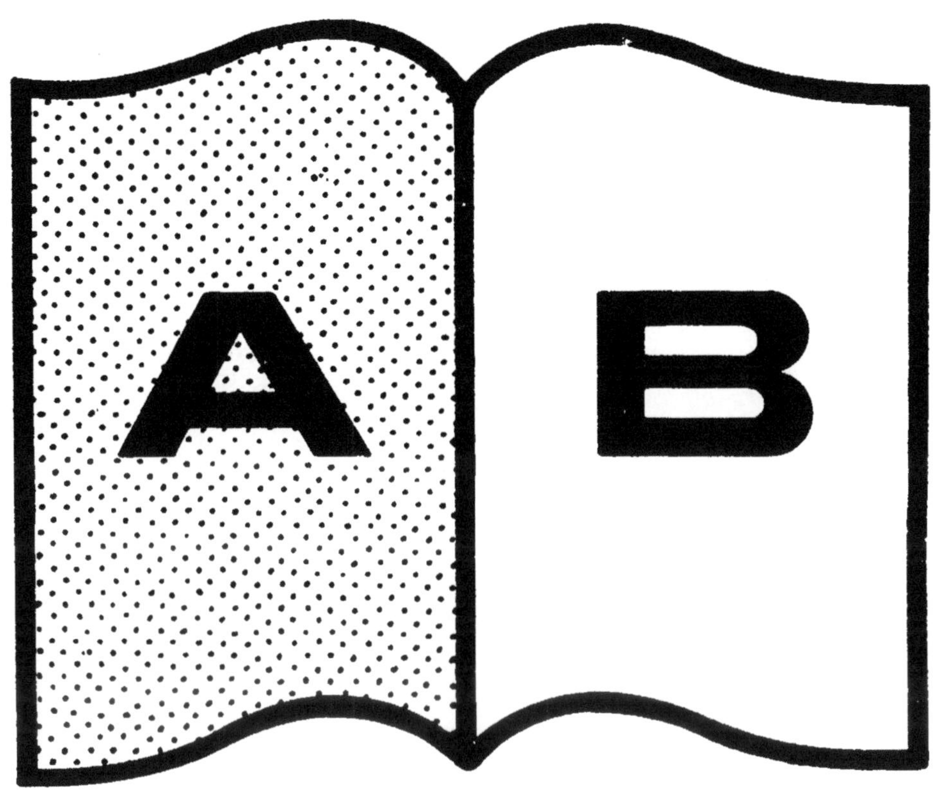

Contraste insuffisant

NF Z 43-120-14